minute papillon !

une histoire de Gaëtan Dorémus
illustrée par l'auteur,
publiée par les éditions du Rouergue
et qui raconte l'histoire
d'une chenille

- d'un ogre !

photogravure : Cédric Cailhol – achevé d'imprimer en septembre 2017 sur les presses de Printer Portuguesa
isbn : 978-2-8126-1217-6 – dépôt légal : mars 2017 – loi 49-956 du 16 juillet 1949 sur les publications destinées à la jeunesse

Voici donc une chenille.

- eh, minute papillon,
je ne suis pas une chenille,
je suis un ogre !

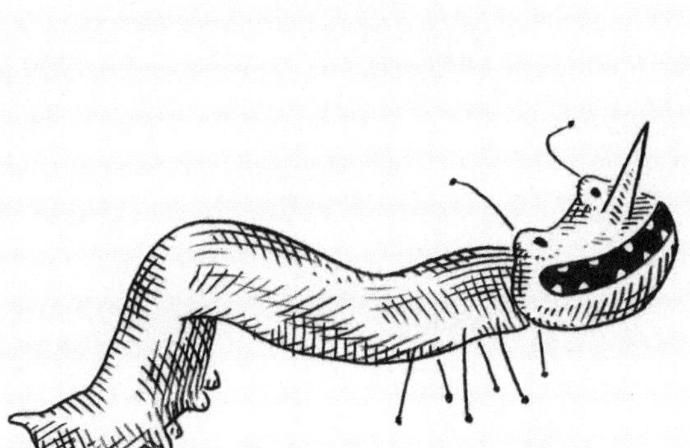

Voici une chenille qui a faim,
elle mange des haricots,
des fèves et des petits pois.

- je déteste les légumes
et préfère de loin
manger du poisson.

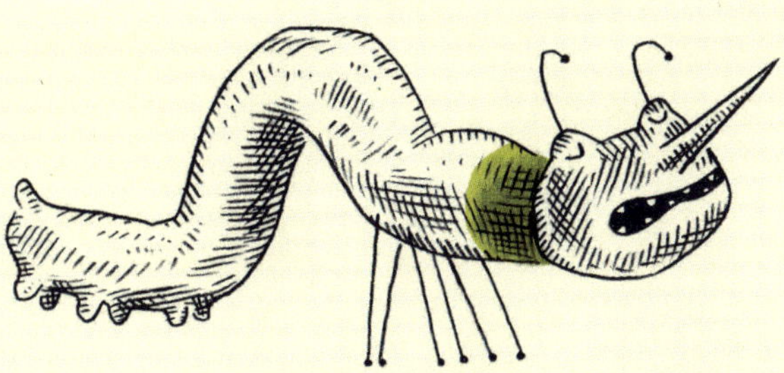

La voici qui goûte à une aubergine.

- beurk !
je déteste
les aubergines

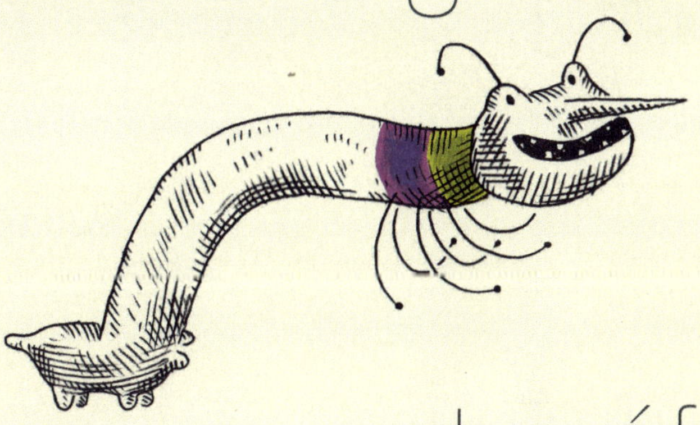

et préfère grignoter
les baleines.

Voici une chenille
qui apprécie les pommes et les poires.

- je suis
un ogre !

je n'aime pas les fruits,
mais j'aime bien
les petits oiseaux, miam.

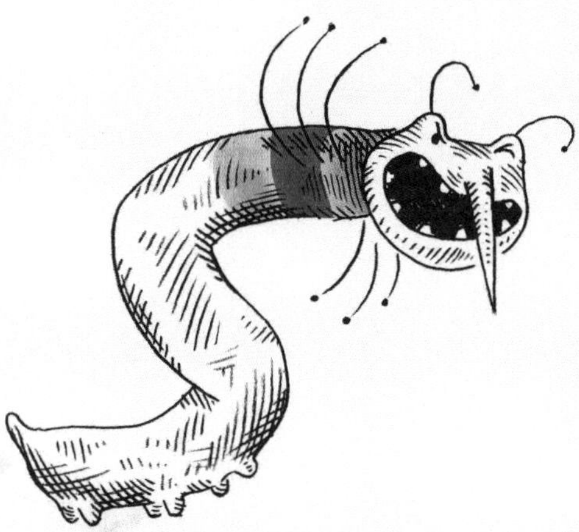

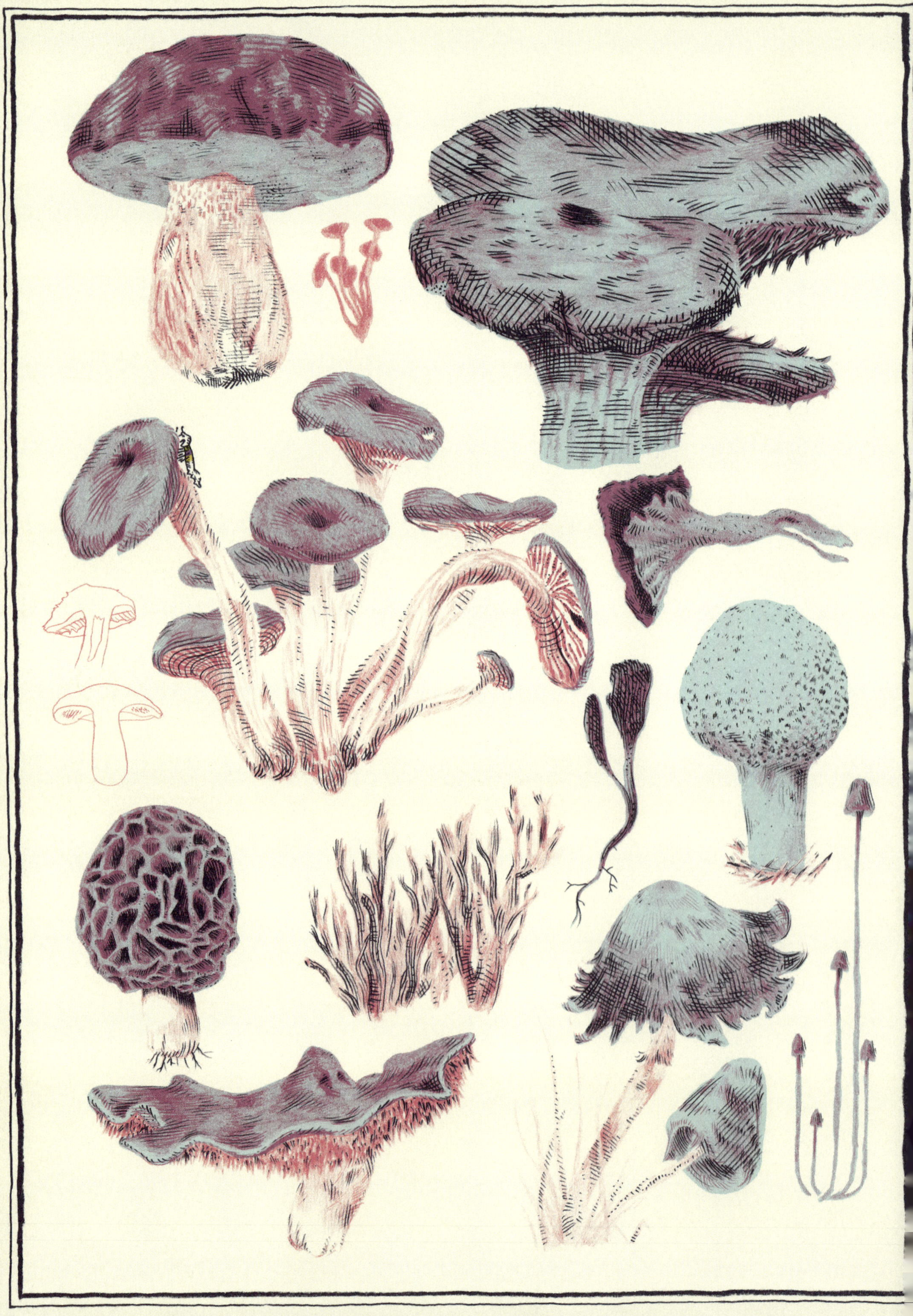

Elle a même trouvé des champignons.

- mais...

...pas...

...pas du tout !

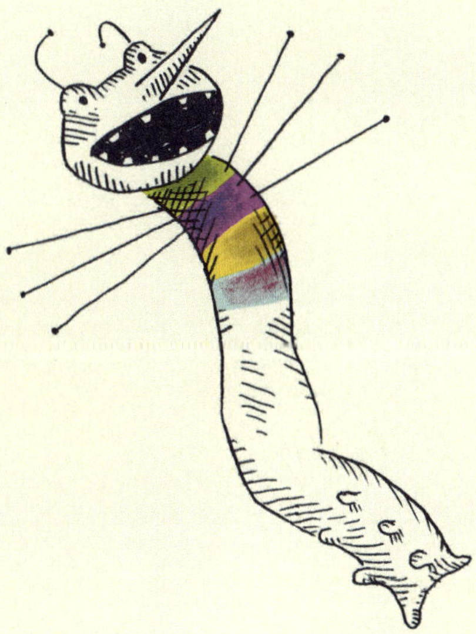

les dinosaures, j'adore.

Voici une chenille
qui s'attaque aux courgettes.

- je vous l'ai dit :
les dinosaures,
j'adore !

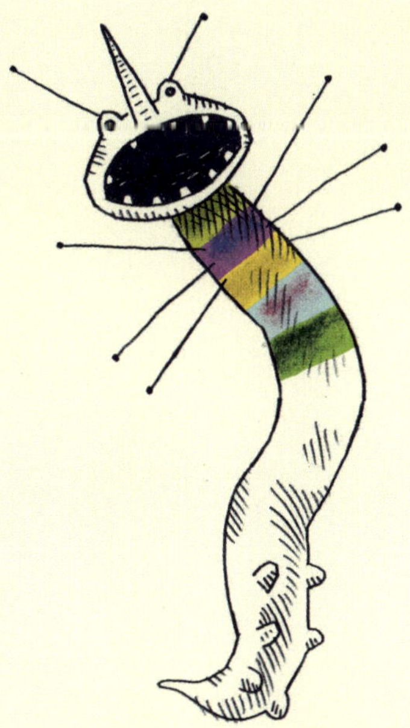

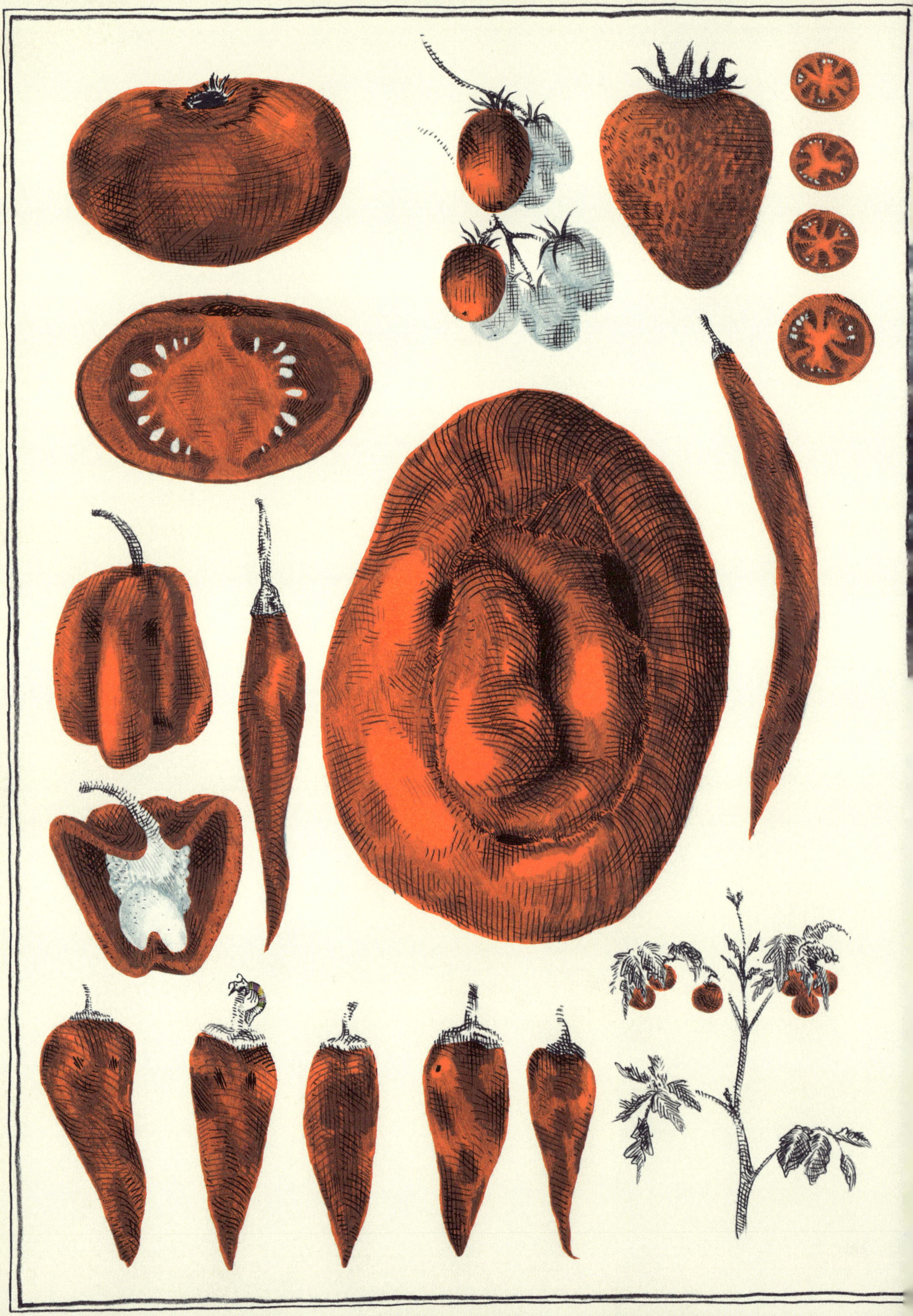

Voici une chenille
qui grimpe sur les tomates,
les poivrons, les piments.

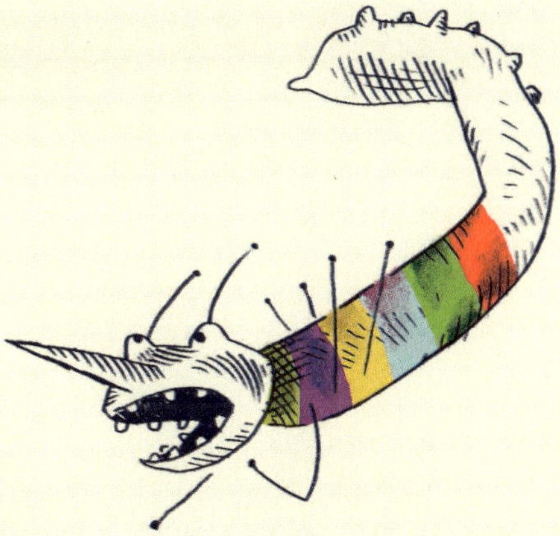

- je suis un ogre !
et j'ai faim
de petits lutins.
gloups !

Voici une chenille
qui poursuit sous terre son repas :
une patate par-ci,
un topinambour par-là.

- GLOUPS
un lapinou !
il était bien caché.

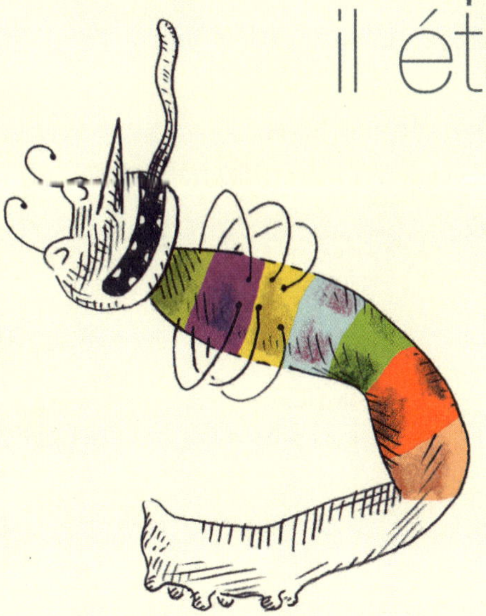

Voici une chenille
qui mord dans un pâtisson.

- cette bestiole
que je ne connais pas
était délicieuse !

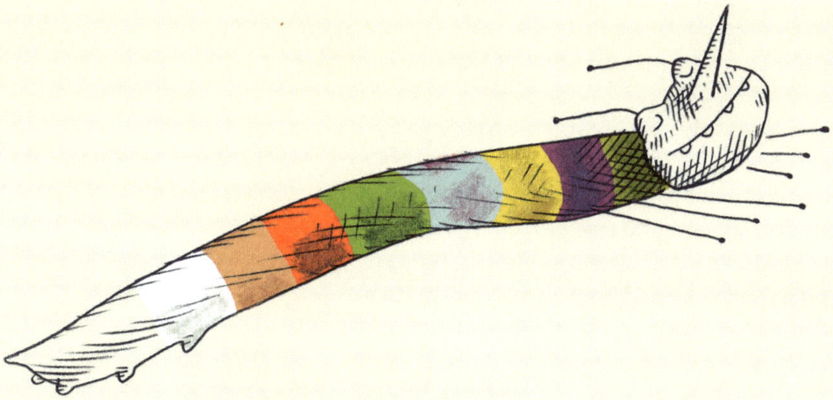

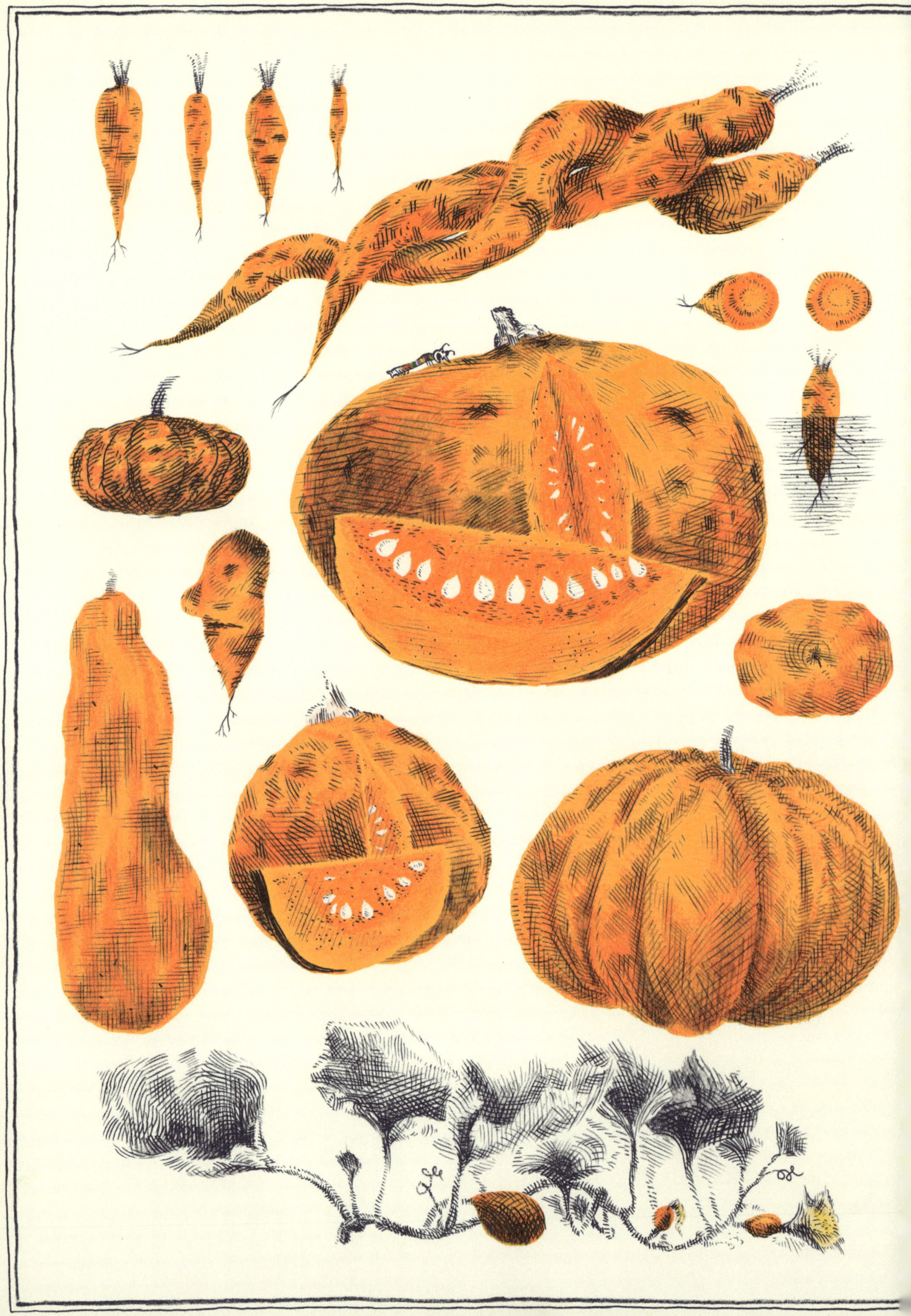

Voici une chenille
qui mange des courges
et des carottes orange…

… une chenille qui mange
encore et encore.

- pas - du - tout -
du - tout !

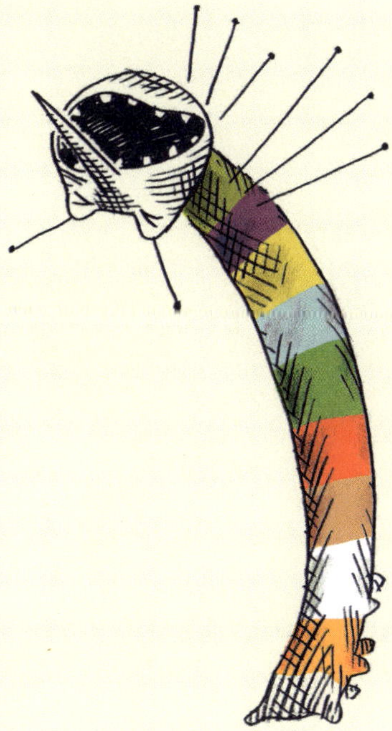

Voici une chenille
qui poursuit son festin
parmi les artichauts en fleur.

- pas-du-tout,
pas-du-tout,

pas-du-tout,
je suis un ogre !

la preuve :
je mange
les enfants !

tout crus...

Voici une chenille
qui passe tout son temps dans le jardin…

- eh, minute papillon,
je ne suis pas une chenille,

je suis un
OGRRRE !

… jusqu'au moment
où elle devient un joli papillon !

- eh minute !
je ne suis pas un papillon,
je suis une chenille !

- oh,
un radis !
miam !